L'ÉCOLE DES PONEYS ENCHANTÉS

Une amitié précieuse

L'ÉCOLE DES PONEYS ENCHANTÉS

Nᵒ 1 : Un brillant début

Nᵒ 2 : Des ailes scintillantes

Nᵒ 3 : Une amitié précieuse

L'ÉCOLE DES PONEYS ENCHANTÉS

Une amitié précieuse

* Lisa Ann Scott *

* Illustrations de Heather Burns *

* Texte français de Marie-Josée Brière *

SCHOLASTIC

Catalogage avant publication de Bibliothèque et Archives Canada

Scott, Lisa Ann
[Let it glow. Français]
Une amitié précieuse / Lisa Ann Scott ;
texte français de Marie-Josée Brière.

(L'école des poneys enchantés ; 3)
Traduction de: Let it glow.
ISBN 978-1-4431-6450-4 (couverture souple)

I. Titre. II. Titre: Let it glow. Français

PZ23.S393Am 2017   j813'.6   C2017-903342-5

Édition publiée par les Éditions Scholastic, 604, rue King Ouest,
Toronto (Ontario) M5V 1E1.

5 4 3 2 1   Imprimé au Canada 121   17 18 19 20 21

Illustrations de Heather Burns
Conception graphique de Yaffa Jaskoll

À mon mari, Patrick,
qui m'aide toujours à faire de
l'écriture une priorité.
Je t'aime!

CHAPITRE 1

Électre secoue ses sabots et regarde par la fenêtre en attendant la fin du cours d'histoire.

— Qu'est-ce qui ne va pas? lui demande doucement son amie Diane pendant que le professeur distribue leurs copies d'examen.

Électre a toujours eu du mal à rester tranquille pendant les cours d'histoire. Elle préférerait nettement être dehors, à galoper dans les champs qui entourent l'école des poneys enchantés. Elle aime beaucoup les cours qui se donnent à l'extérieur, comme le cours de météo. Elle déteste être coincée à l'intérieur. Mais aujourd'hui, comme c'est une journée spéciale, c'est encore pire.

— Je suis trop excitée! chuchote Électre. Les leçons d'équitation commencent dans quelques minutes.

— Tu vas être parfaite. Probablement la meilleure de la classe! dit Diane.

— Je l'espère bien! répond Électre en souriant.

La cloche sonne et Électre se précipite vers la porte. Elle a le temps d'aller courir un peu autour du verger avant de se rendre à l'écurie pour mettre son équipement d'équitation.

Électre adore courir à toute vitesse, la crinière au vent. Tandis qu'elle galope dans le champ, ses sabots magiques laissent derrière elle un nuage d'étincelles. Aucun autre poney de l'école ne court aussi vite. Et chez elle, les autres ont renoncé depuis longtemps à essayer d'être plus rapides qu'elle. Si elle n'était pas une ponette étincelante, destinée à être jumelée à un enfant royal, elle aurait certainement aimé participer à des courses.

Électre a hâte de trouver son partenaire idéal parmi les enfants royaux. Elle est certaine que sa rapidité va l'aider, car elle n'a pas les meilleures notes parmi les poneys de première année ni le talent magique le plus extraordinaire. Diane, elle, est capable de se rendre invisible! Et son amie Céleste, la pégasine, peut parler aux créatures ailées. Électre peut seulement faire étinceler sa corne et ses sabots. D'ailleurs, ils étincellent parfois tout seuls quand elle est excitée. Elle sent un chatouillis tout chaud quand ils commencent à s'illuminer. C'est un talent intéressant, mais il ne lui semble pas suffisant pour qu'un prince ou une princesse la choisisse un jour comme animal de compagnie.

Mais l'équitation? Lorsque les enfants se seront rendu compte qu'elle peut courir très vite et que c'est si amusant de la monter, elle espère qu'ils feront la queue pour la choisir lors de la cérémonie de sélection. Avec un peu de chance, elle trouvera alors un compagnon royal parfait pour elle. Et ensemble, ils contribueront à diriger un royaume. Aujourd'hui, elle va pouvoir travailler avec ces enfants pour la première fois. Elle se cabre, excitée.

Électre ramasse une pomme dans un des arbres et la grignote tout en galopant vers les écuries. *Ça va être le plus beau jour de ma vie*, pense-t-elle. *Tout le monde va vouloir me monter.*

CHAPITRE 2

Électre se dépêche d'aller rejoindre les autres poneys de première année dans le champ ainsi que les chefs de groupe de chacune des écuries.

— J'ai hâte de te voir faire de l'équitation! lui dit Rasha, la chef de groupe de l'écurie du Ciel.

Électre piétine le sol, impatiente de commencer.

— J'ai hâte moi aussi!

— C'est tellement excitant! ajoute son amie Razzia. Ça va être super amusant de travailler avec les enfants.

— Hou hou! lance leur camarade Stock en faisant jaillir de sa corne un flot d'étincelles.

C'est son talent magique, et il s'en sert tout le temps.

— Je suis un peu nerveuse, avoue Diane. Je ne me suis jamais promenée avec quelqu'un sur mon dos.

— Bien sûr que non, ricane Razzia. Personne n'est autorisé à monter sur le dos d'un poney étincelant avant de commencer l'école.

— On va pouvoir caracoler, trotter et

galoper! s'exclame Céleste en agitant ses ailes blanches scintillantes. On va s'amuser comme des fous. Je me demande quand je pourrai voler avec des enfants.

Électre sourit, heureuse que ses amis soient enthousiastes eux aussi. Avec un peu de chance, ils ne lui en voudront pas si elle est plus rapide qu'eux.

Manitou, le vieux poney qui s'occupe de l'équipement à l'école, pousse un hennissement sonore pour attirer l'attention de tous.

— Bienvenue à votre tout premier cours d'équitation, mes amis. C'est un cours d'introduction, alors ne vous inquiétez pas, ça va être facile. De plus, je vous annonce que bientôt, quelqu'un créera une selle spéciale pour chacun d'entre vous. Mais en attendant, les selles d'entraînement de l'école feront l'affaire. C'est le moment de vous préparer!

On entend des bruits de boucles qui se ferment et de cuir qui craque lorsque Manitou installe les selles sur les poneys.

Quand vient le tour d'Électre, Manitou place la selle sur son dos et resserre les courroies. Il installe ensuite la bride et le harnais. Électre trouve le tout très serré et très encombrant. Elle n'a jamais porté d'équipement d'équitation auparavant.

Elle se tortille et agite la queue. Elle ne s'était pas attendue à ce que ce soit aussi inconfortable.

— Ne t'inquiète pas, ma jolie, tout va bien

aller, dit Manitou.

— Oh, je sais, répond Électre. Il faut juste que je m'habitue.

Les autres élèves ricanent, se cabrent et se taquinent les uns les autres en se montrant leur équipement.

— Elles sont cool, ces selles! s'exclame Razzia.

— Certainement, renchérit Électre, bien qu'elle accorde peu d'importance à leur apparence. J'ai juste hâte de commencer!

Une fois qu'elle sera dans le champ en train de *galoper*, elle ne remarquera même plus sa selle.

Quand tout le monde est prêt, Électre prend la tête du groupe pour se rendre au champ d'entraînement en courant à toute vitesse.

Arrivée au champ, elle remarque un groupe d'enfants qui les attendent. Les petits leur font signe de la main en souriant, debout sur la pointe des pieds pour mieux les voir. Certains portent leur cape et leur couronne d'enfants royaux. Une jolie petite fille aux longues tresses rousses est assise dans un fauteuil avec des roues. Électre n'a jamais rien vu de pareil.

Quelques enfants montrent Électre du doigt.

— Je veux monter cette licornette! dit une petite fille.

— Regardez ses couleurs! Elle a la crinière arc-en-ciel! ajoute une autre.

Électre est tellement excitée qu'elle fait une ruade, les pattes arrière dans les airs.

Tous les enfants la regardent maintenant avec de grands yeux. Elle hennit d'excitation. Ça va être tellement amusant!

— Bienvenue aux enfants royaux, dit la professeure Wallina qui donne les cours d'équitation à l'école des poneys. Le moment est venu de travailler avec nos poneys pour que vous commenciez ensemble à perfectionner l'art de monter à cheval. Ensuite, quand viendra la cérémonie de sélection, vous serez prêts à monter le poney que vous aurez choisi.

Les poneys hennissent et les enfants poussent des cris de joie.

— Chers poneys, poursuit Wallina, le cours d'équitation est parmi les plus importants de tous ceux que vous suivrez.

Vous devez réussir le cours pour débutants avant de pouvoir passer aux leçons plus avancées. Et vous ne serez pas inclus dans la cérémonie de sélection tant que vous n'aurez pas réussi tous vos cours d'équitation. Les poneys étincelants doivent être capables de transporter leurs enfants royaux.

Pas de problème, se dit Électre en rongeant son frein, impatiente de commencer.

Un homme qui porte de hautes bottes et un chapeau s'avance.

—Bonjour, tout le monde. Je suis le professeur Maximus et j'enseigne l'équitation à l'école des enfants royaux. Les princes et les princesses auront deux semaines pour travailler avec les poneys et réussir le cours d'introduction avant de retourner chacun dans leur royaume. Ce sera aussi une bonne occasion pour eux de connaître les poneys qui participeront à la cérémonie de sélection de l'année prochaine.

Électre frissonne, juste à l'idée de cette journée spéciale. Ce sera vraiment merveilleux de trouver son partenaire idéal parmi les enfants royaux. Elle a tellement hâte!

— Mes enfants, poursuit le professeur, choisissez chacun un poney et je vais vous expliquer comment monter sur son dos.

Les poneys vont joyeusement se placer en caracolant et en hochant la tête, pendant que les enfants se dirigent vers eux.

— Je veux monter un licornet, ou une licornette! s'écrie une petite fille.

— Moi aussi! dit une autre en se hâtant d'attraper les rênes de Violette.

Violette est ravie.

Il y a seulement quelques autres licornets parmi les poneys de première année, et plusieurs enfants courent vers Électre. Excitée, elle se cabre et hennit. Les enfants s'immobilisent en hurlant.

— Cette licornette est dangereuse! s'écrie une des fillettes en reculant brusquement, ce qui lui fait perdre l'équilibre.

— Moi, je ne la monte pas, ajoute une autre.

— Moi non plus! déclare une troisième. J'ai bien trop peur.

Soudain, tous les enfants s'éloignent d'Électre.

— Non! N'ayez pas peur de moi. Je ne suis pas dangereuse. Je suis juste excitée, proteste Électre, un peu gênée.

Les enfants la regardent quand même d'un air méfiant. Ils se tournent vers les autres poneys et choisissent chacun celui qu'ils veulent monter.

Personne ne veut de moi! se dit Électre, nerveuse. *Je vais leur montrer ce que je peux faire.* Elle se retourne et fait quelques fois le tour du champ au galop pour montrer aux enfants à quel point ils pourraient s'amuser avec elle, puis elle retourne vers le groupe des élèves qui restent.

— Tu es vraiment rapide, dit un des garçons qui paraît plus inquiet qu'impressionné.

— J'ai trop peur pour essayer de monter cette licornette, dit une fille qui se dirige vers Diane.

Bientôt, il ne reste que quelques enfants qui n'ont pas encore choisi de poney. La petite fille assise dans le fauteuil, elle, lit tranquillement un livre sans s'occuper des poneys.

Électre avale sa salive. Personne ne va la choisir? Elle tape du sabot par terre.

Enfin, un grand garçon s'avance vers elle en bombant le torse.

— Moi, je vais la monter.

CHAPITRE 3

Électre sourit, soulagée d'avoir l'occasion de montrer ce qu'elle sait faire.

Le garçon prend ses rênes et l'emmène au centre du champ.

Électre a hâte qu'il monte sur son dos.

— Comment t'appelles-tu? lui demande-t-elle.

— Je suis le prince Dimitri, dit le garçon en mettant un pied dans un des étriers.

Électre grogne un peu quand il s'assoit

sur son dos. Il est plus lourd qu'elle le pensait. Le garçon tire sur les rênes et lui donne de petits coups de pied dans les flancs.

— Avance! ordonne-t-il.

Elle s'élance, un peu étonnée par le ton de son cavalier. Mais elle n'arrive pas à courir aussi vite que d'habitude. Le garçon assis sur son dos la ralentit. Elle n'aime pas cette impression. Elle rassemble ses forces et bondit vers l'avant.

Le prince Dimitri tire sur les rênes. Surprise par cette sensation inhabituelle, elle fait une ruade. Mais le garçon tient bon et tire encore plus fort.

Est-ce vraiment ça, l'équitation? pense Électre.

— Arrête! s'écrie le garçon.

Elle baisse les pattes et continue de galoper.

— Arrête! crie-t-il plus fort.

Électre ne comprend pas exactement ce que veut le prince. Elle a du mal à s'habituer à suivre les ordres de quelqu'un d'autre et s'arrête brusquement. Le garçon est éjecté de la selle, il s'envole vers l'avant et va s'écraser par terre.

— Hé! lance-t-il avec un regard méchant, étendu dans le sable. Pourquoi as-tu fait ça?

Électre ne comprend pas.

— Tu m'as dit d'arrêter, alors c'est ce que j'ai fait.

Le garçon se relève et époussette ses vêtements.

— Tu es nulle!

Tout le monde s'arrête et regarde Électre.

— Ce n'est pas une très bonne ponette, dit un des enfants.

— Je ne la monterai jamais, dit une fillette en croisant les bras.

Tous les enfants se mettent à chuchoter en jetant sur Électre des regards apeurés.

La petite fille rousse assise dans le fauteuil referme brusquement son livre.

— Excusez-moi, dit-elle en levant le menton. Ne vient-on pas de parler de l'importance de la gentillesse dans nos cours? Les enfants royaux sont censés donner le bon exemple, non? Est-ce ce que vous faites en disant des méchancetés à cette gentille ponette?

Elle les regarde d'un air glacial, ses yeux

bleus grands ouverts.

— Non, disent quelques enfants.

— Je m'excuse, ajoute une des filles.

Électre cligne des yeux, la tête baissée.

— C'est nouveau pour nous tous, ajoute la petite fille rousse sur un ton plus doux. Il faut faire preuve de patience quand on apprend des choses nouvelles, et traiter nos hôtes avec respect.

Elle fait ensuite rouler son fauteuil pour s'éloigner du groupe avant même qu'Électre ait le temps de la remercier d'avoir pris

sa défense.

Les chefs de groupe des quatre écuries s'avancent vers Électre en trottinant.

— Ça va, Électre? demande Rasha.

Électre agite la queue, mécontente.

— Ça va.

Bellissima, la chef de groupe de l'écurie de la Terre, agite sa magnifique crinière rose.

— Certains poneys prennent parfois un peu de temps pour s'habituer à promener des enfants. Tout va bien aller.

Électre hoche la tête, mais elle se sent quand même triste. Elle était tellement certaine qu'elle ferait une des meilleures montures de l'école. Qu'a-t-elle fait de travers?

— Tu auras une autre chance demain, dit Rasha. Tu verras, chaque fois ça devient plus facile.

Je l'espère! se dit Électre.

— Merci, dit-elle aux chefs de groupe. Je vous verrai plus tard.

Électre file vers les écuries sans se retourner. La selle lui paraît de plus en plus lourde, et de plus en plus inconfortable.

— Enlevez-moi ça, monsieur Manitou, supplie Électre en arrivant à l'écurie.

— Ne t'en fais pas, répond-il avec un petit sourire, ça prend du temps pour s'adapter.

Électre pousse un soupir quand Manitou jette un sort pour la débarrasser de sa selle.

— Je ne comprends pas, dit-elle. Je croyais que ce serait tellement facile pour moi, mais le garçon qui était sur mon dos est tombé et il s'est fâché.

— Eh bien! dit Manitou en hochant la tête avec sympathie, tu sais ce qu'on dit. Si quelqu'un tombe, il faut l'aider à se relever. Tu vas t'y faire, ma petite.

— J'ai bien peur que plus personne ne veuille me donner une chance.

— Il y aura sûrement quelqu'un. Et tu vas prendre l'habitude.

— J'espère. J'adore courir. Mais c'est difficile avec un enfant sur le dos, dit tristement Électre.

— Eh bien, je vais te revoir ici demain, petite trotteuse. Et ça ira sûrement mieux. Il y a toujours des solutions aux problèmes. Ne l'oublie pas.

CHAPITRE 4

Pendant le cours de météo, qui porte sur la grêle, Électre est incapable de se concentrer. Elle va devoir emprunter les notes d'un de ses camarades pour étudier!

Une fois les cours finis, Électre a envie d'être seule. Elle va s'installer dans son box, dans l'écurie du Ciel, et s'étend sur son confortable lit de nuages. Elle a toujours aimé regarder les magnifiques décorations qui ornent son box et les étoiles qui scintillent au plafond, mais aujourd'hui, cela ne suffit pas pour lui remonter le moral. Elle ferme les yeux et s'endort rapidement.

— Électre? demande Rasha à la porte du box. Te sens-tu un peu mieux?

— Oui, bien sûr, dit Électre.

Elle se lève aussitôt et se secoue. Elle ne veut pas admettre à quel point elle est malheureuse.

— C'est presque l'heure du souper. J'ai entendu dire qu'il y avait des cubes de sucre pour le dessert!

— D'accord, allons-y, répond Électre en hochant la tête.

Au souper, les autres poneys racontent tout le plaisir qu'ils ont eu à faire de l'équitation avec les enfants.

— Ma cavalière m'a donné une carotte! raconte Diane. C'était vraiment merveilleux. Elle a adoré ça, quand je nous ai fait disparaître!

— La mienne m'a tressé la queue! lance Razzia.

— J'ai hâte d'être au prochain cours! ajoute Diane, rêveuse.

— Et on peut faire de l'équitation aussi

après les cours! dit Céleste. On peut s'exercer à faire des prouesses et à relever des défis si on veut! Tu as raté cette annonce-là quand tu t'es sauvée, Électre. Qu'est-ce qui est arrivé? Pourquoi es-tu partie?

— Ça ne s'est pas bien passé pour moi, répond doucement Électre.

— Ça ira mieux demain, dit Diane.

Eh bien, ça ne pourrait pas être pire, hein? pense Électre. Elle a de la chance d'avoir des amies aussi gentilles, qui cherchent à l'encourager. Demain, elle va leur montrer qu'elle peut être une excellente partenaire d'équitation.

Mais cette nuit-là, Électre est réveillée par des cauchemars. Elle rêve qu'elle fait tomber ses cavaliers et qu'ils sont fâchés contre elle. Elle se tourne et se retourne toute la nuit et au matin, elle se lève épuisée. Elle passe toute la matinée à se faire du souci. Elle laisse tomber des objets pendant le cours de lévitation. Elle n'arrive pas à se rappeler une seule réponse pour son test de composition. Plus la journée avance, plus le cours d'équitation qui s'en vient la rend nerveuse.

Quand elle arrive au champ d'entraînement, la petite fille rousse est assise dans son fauteuil, en train de lire. Elle ne lève même pas les yeux quand Électre passe devant elle.

Les autres enfants se tiennent loin d'Électre. Le grand garçon qui l'a montée la veille a des égratignures sur le visage.

— Personne ne va vouloir de cette ponette comme compagnon royal, dit-il avec un air dédaigneux.

Électre est toute triste. Comme il est méchant!

— Prince Dimitri, ça suffit, dit le professeur Maximus.

Le prince s'éloigne à grands pas.

Pendant que certains enfants caressent les poneys en leur offrant des carottes et des cubes de sucre, les autres regardent Électre avec de grands yeux apeurés. Elle ne s'est jamais sentie aussi gênée de toute sa vie.

Une petite fille coiffée d'une grosse couronne se dirige vers elle.

— Je vais être reine un jour. Je peux

m'occuper de cette ponette étincelante.

Électre est ravie d'avoir une deuxième chance, mais elle est inquiète. Cette petite fille va-t-elle l'aimer?

CHAPITRE 5

La petite fille met le pied dans un étrier
et passe la jambe au-dessus d'Électre. Elle
n'est pas aussi lourde que le garçon d'hier.
Ce sera peut-être plus facile.

— Comment t'appelles-tu? demande la
petite fille.

— Je m'appelle Électre. Et toi?

— Je suis la princesse Antonia et j'ai hâte
de faire de l'équitation avec toi.

— Moi aussi, répond Électre en hochant

la tête. C'est mon activité préférée.

— Allons-y!

Électre traverse le champ au petit trot en tournant dans la direction vers laquelle les rênes la guident. Elle trouve un peu étrange de laisser quelqu'un d'autre décider où elle va. Elle aimerait bien aller faire un tour près du verger pour trouver une collation par terre, mais sa cavalière la garde au milieu du champ.

Ce n'est certainement pas aussi amusant que de trotter toute seule. Et le fait qu'elle ne décide pas où elle va n'est pas le seul problème. Elle se sent mal à l'aise. Elle n'aime pas sentir le mors dans sa bouche. Ni la selle qui frotte sur son dos.

La princesse flatte la crinière d'Électre.

— C'est joli, ces couleurs vives. J'aimerais vraiment avoir une licornette comme animal de compagnie. Je pourrais bien te choisir à la cérémonie de sélection. Quel est ton talent magique?

— Je peux faire briller ma corne et mes sabots, répond Électre.

— Je peux voir, s'il te plaît?

Électre s'efforce de les faire briller, mais la chaleur qu'elle ressent habituellement quand elle le fait est bien moins intense que d'habitude. Elle regarde un de ses sabots et se rend compte qu'il émet à peine une petite lueur. Qu'est-ce qui lui arrive?

— C'est tout? demande la petite fille qui semble déçue.

— D'habitude, ça brille plus. Je ne sais

pas ce qui ne va pas. Peut-être que ça ne fonctionne pas aussi bien quand j'ai une cavalière.

Ou quand je suis déçue, pense-t-elle.

— D'accord. Tu me montreras ça plus tard. Pour l'instant, j'aimerais aller plus vite, annonce la petite fille.

— D'accord, dit Électre en s'élançant à travers le champ.

Elle se détend un peu en sentant la brise soulever sa crinière. Elle se met à courir plus vite et se demande si un jour elle va s'habituer à avoir quelqu'un sur son dos. Mais juste au moment où elle réussit à prendre de la vitesse, la petite fille se met à crier.

— Tu vas trop vite! J'ai peur! Arrête! hurle-t-elle.

Cette fois, Électre sait qu'elle doit ralentir avant de s'arrêter si elle ne veut pas que sa cavalière s'envole dans les airs.

Mais quand elle descend à terre, la petite fille est en pleurs.

— Je suis désolée, mais je pense que j'ai besoin d'un poney moins dangereux.

Électre cligne des yeux à quelques reprises.

— Dangereuse? Je ne suis pas dangereuse...

Les enfants et les poneys la regardent tous avec de grands yeux. Encore. Puis ils se mettent à chuchoter.

— Je ne monterai jamais cette ponette.

— J'ai bien trop peur.

— Elle va trop vite!

Électre baisse la tête. Comment a-t-elle pu rater *deux* leçons d'équitation? Elle était censée être la meilleure de la classe, pas la pire. Pas celle que personne ne voulait monter.

— Les enfants, vous avez du temps libre si vous voulez explorer le terrain de l'école, annonce l'instructeur.

— Allons grimper dans les pommiers!

s'écrie une des filles.

— Oui, on fait la course! répond une autre.

Électre constate que personne n'a invité la petite fille rousse qui est encore en train de lire. Elle se dirige vers elle.

— Tu devrais y aller toi aussi. Nos pommes sont délicieuses.

— Personne ne m'a invitée, répond la petite fille en levant la tête. De toute manière, je n'ai pas envie d'une pomme.

Elle s'éloigne d'Électre en poussant sur ses roues et se dirige vers les plates-bandes de roses qui s'étalent le long du champ d'entraînement.

Électre n'en revient pas. Aucun des enfants ne l'aime! Même pas cette gentille petite fille en fauteuil. Elle ne peut pas avoir peur de monter sur son dos puisqu'elle n'a travaillé avec aucun des poneys.

— Les poneys, ce sera tout pour aujourd'hui, dit la professeure Wallina. Si vous voulez revenir après les cours pour vous exercer à faire des prouesses et à relever des défis, je vous attendrai ici, au champ d'entraînement.

Céleste se précipite vers Électre.

— Tu veux revenir plus tard avec nous?

-— Non merci, répond doucement Électre. Je te verrai au souper.

— D'accord. Mais ne t'inquiète pas à cause de ces enfants, dit Céleste. Ils vont bientôt voir à quel point tu es merveilleuse.

— Je ne sais pas, répond Électre. Peut-être que je ne suis tout simplement pas douée.

— Ne dis pas ça! proteste Diane. Il ne faut pas abandonner. S'il y a quelqu'un qui peut y arriver, c'est bien toi. Tu es la meilleure coureuse de la classe. Tu vas t'habituer.

— Merci.

Elle se traîne au cours suivant en ayant l'impression d'avoir des sabots en plomb. Elle essaie de les faire briller, mais elle n'arrive à rien. Elle sent son cœur flancher.

Elle n'a pas réussi à faire de l'équitation avec les enfants et maintenant, elle perd son talent magique.

La professeure Wallina vient la rejoindre.

— On peut se parler?

— Bien sûr, répond Électre en hochant la tête.

— Quel est ton problème pendant le cours d'équitation? demande la professeure.

— Je ne sais pas. Je n'ai pas l'habitude d'avoir un enfant sur le dos. Je n'aime pas cette sensation. Et eux, ils n'aiment pas quand je cours vite.

— Eh bien, tu vas devoir réussir ce cours pour passer à l'étape suivante. Il y aura une autre série de leçons quand les enfants reviendront à l'école dans quelques mois, dit la professeure Wallina d'une voix plus douce. Tu ne pourras pas participer à la cérémonie de sélection si tu ne réussis pas le cours d'équitation.

Électre avale sa salive. Elle ne croit pas qu'un autre enfant lui donnera une chance et acceptera de la monter. Peut-être qu'aucun d'entre eux ne lui fera jamais confiance.

— Qu'est-ce qu'il va se passer si aucun enfant ne me choisit à la cérémonie de sélection?

— Alors, tu travailleras à l'école, répond gentiment la professeure Wallina. Les poneys peuvent aussi décider de ne pas participer à la cérémonie.

Elle se retourne, regarde vers les champs et ajoute :

— C'est ce que j'ai fait, moi. Je n'ai pas été choisie à la première cérémonie. J'étais tellement gênée... Je n'ai pas eu le courage de participer à une autre cérémonie et de risquer d'être rejetée encore une fois.

— Mais vous aimez bien enseigner, hein? demande Électre.

— Bien sûr, répond la professeure en souriant. Je suis très heureuse de travailler à l'école avec tous les merveilleux jeunes poneys. C'est un privilège, et je suis convaincue que j'étais faite pour ça. Mais être choisi comme animal de compagnie royal est un grand honneur également. C'est une occasion à ne pas manquer. Il existe un lien incroyable entre un poney et l'enfant qui l'a choisi. On m'a dit que c'était une des plus belles choses dans la vie. Tu vas rencontrer l'enfant qui te convient, j'en suis sûre. Ton partenaire idéal. Si tu le veux vraiment, tu vas réussir ton cours d'équitation.

— Merci, dit Électre. Vous êtes vraiment une excellente professeure.

— C'est très gentil, Électre. Je suis sûre que tu pourras faire tout ce que tu veux si tu y tiens.

Électre hoche la tête, mais elle n'en est pas du tout certaine.

CHAPITRE 6

Après les cours, pendant que les autres poneys et les enfants continuent leurs exercices d'équitation, Électre se dirige vers le jardin. Là-bas, personne ne la remarquera. Elle veut juste être seule. Elle comprend ce que la professeure Wallina voulait dire quand elle a raconté qu'elle ne souhaitait pas être rejetée encore une fois. Elle est terriblement triste parce que les enfants ne veulent pas la monter.

Électre se couche entre les rosiers en surveillant attentivement les abeilles qui volent autour d'elle. Un papillon se pose sur son museau et la chatouille. Elle soupire. L'endroit est paisible et magnifique, mais elle n'arrive pas à chasser ses sombres pensées.

Même si elle réussit son cours d'équitation, est-ce qu'un des enfants la choisira? Les poneys étincelants qui ne sont pas choisis après quatre cérémonies de sélection restent à l'école pour y travailler. C'est peut-être ce qui va lui arriver.

Ça pourrait être agréable de travailler dans le jardin, pense-t-elle. À cette pensée, sa corne s'illumine doucement. *Au moins, ce talent-là n'a pas totalement disparu.*

— J'aime bien ta corne, dit une voix près d'elle.

Électre sursaute. Elle pensait être seule, mais elle remarque la petite fille rousse dans son fauteuil.

— Je ne t'avais pas vue, dit Électre en se relevant.

— Je suis douée pour me cacher, dit la fillette en souriant, avant de faire rouler son fauteuil vers Électre.

— Est-ce que tu peux aller vite dans ton fauteuil? demande Électre.

— Non, répond la petite fille en levant les yeux au ciel. Mais il m'amène là où je veux aller. Il me permet de faire beaucoup de choses.

— Pourquoi tu ne montes pas sur le dos

d'un poney? demande Électre. Il me semble que ce serait encore mieux qu'un fauteuil roulant. Tu pourrais aller plus vite, au moins.

— Je ne suis pas capable de rester assise toute seule, répond la petite fille après un moment de silence. Il faudrait que quelqu'un marche à côté de moi pour me tenir, et ce ne serait vraiment pas amusant. Je ne monterai jamais de poney étincelant.

— Mais qu'est-ce que tu vas faire avec ton poney après la cérémonie de sélection?

— Je ne sais pas, dit-elle en détournant les yeux. Ça n'a pas d'importance.

Électre a le cœur gros en entendant la tristesse qui perce dans la voix de la petite fille.

— Comment t'appelles-tu?

— Je suis la princesse Alana. Et toi?

— Je m'appelle Électre.

— C'est joli. Pourquoi est-ce que tu ne fais pas d'équitation avec les autres? demande Alana.

Électre donne un petit coup de sabot sur un caillou.

— Tu as vu ce qui est arrivé avec le prince Dimitri, et ensuite avec la princesse Antonia? Je suppose que je ne suis pas très douée. Personne ne veut me monter.

Une abeille qui butinait dans les roses fonce sur la princesse. Électre donne un coup de queue pour la chasser.

— Hé! s'écrie Alana en repoussant la queue.

— Excuse-moi! J'essayais d'empêcher

une abeille de te piquer.

Électre baisse la tête. Elle ne sait vraiment pas comment se comporter avec les enfants.

— Oh, je ne m'en étais pas rendu compte. C'est très gentil de ta part. Je n'aurais pas dû me fâcher contre toi. Je pensais que tu m'avais frappée par méchanceté.

— Je ne ferais jamais ça, dit Électre en secouant la tête. Je devrais te laisser seule. Je ne suis pas à l'aise avec les enfants, je suppose.

Elle n'avait jamais pensé à cela. Elle aurait beau réussir tous ses cours à l'école, cela ne l'aiderait pas à se sentir à sa place en compagnie d'un enfant.

— Ne t'en va pas, s'il te plaît! Je ne suis pas à l'aise avec les enfants moi non plus, dit

Alana en riant. Parfois, les gens me regardent d'un drôle d'air parce que je ne peux pas marcher. Mais je suis bien contente que tu sois ici avec moi.

Alana fait reculer son fauteuil pour aller ramasser une palette de peinture sur une petite table.

Électre constate que la princesse a aussi un chevalet sur lequel est posée une toile colorée.

— C'est toi qui as peint ça?

— Oui. J'adore peindre. C'est une chose que je peux faire toute seule.

Le tableau représente les roses du jardin.

— C'est très joli. Tu as beaucoup de talent.

— Merci. Je réussis assez bien à peindre les choses que je vois. Si seulement j'étais

une peintre plutôt qu'une princesse...
J'aimerais bien parcourir le monde en
solitaire et peindre toutes les belles choses
que je verrais, confie Alana d'un air rêveur.

— Il y a une magnifique rivière tout près
d'ici avec des ponippocampes. Je suis sûre
que tu pourrais peindre ça, dit Électre.

— Des ponippocampes! répond Alana,
dont le sourire s'éteint subitement. C'est
probablement trop loin pour moi.

Électre fronce les sourcils. Diane a trouvé
un chemin pour les poneys, mais c'est une
longue marche à travers la forêt. Il y a
sûrement un moyen d'amener Alana à la
rivière, mais comment?

Électre et Alana regardent au travers des
rosiers les enfants et les poneys qui

continuent leurs exercices d'équitation. Au bout d'un moment, les enfants descendent de leur monture et se dirigent vers l'escalier aménagé dans l'arc-en-ciel. Ils rentrent chez eux pour la nuit.

— Je dois y aller, annonce Alana en

ramassant son matériel de peinture.

— Est-ce que tu reviens demain? demande Électre.

— Il le faut, répond Alana.

— Tu veux qu'on se rencontre ici après les cours?

— J'aimerais bien, dit Alana en souriant.

Pendant qu'Alana se dirige vers l'arc-en-ciel, Électre s'élance dans les champs, heureuse de sentir le vent soulever sa crinière. Elle se dit qu'elle pourrait courir ainsi pendant des heures, toute seule. C'est tellement plus amusant sans enfant sur son dos.

La princesse Alana n'a probablement jamais eu ce bonheur-là, pense-t-elle tristement. Son fauteuil ne peut sûrement pas rouler aussi vite.

Électre a soudain une idée tout à fait géniale. *Je sais exactement comment je pourrais lui offrir ce bonheur!*

CHAPITRE 7

Électre se précipite vers les écuries pour obtenir la permission de mettre son plan à exécution.

— C'est une excellente idée! lui dit Manitou. Je ne suis pas sûr que ça compte comme de l'équitation, mais je vais t'aider à organiser ça. Tu es vraiment brillante, tu sais.

Électre se sent très fière, et soulagée d'avoir peut-être trouvé une solution.

— Je vais amener Alana ici, demain après

la fin de mes cours, dit-elle.

Le lendemain, Électre est le dernier poney à être choisi pendant le cours d'équitation.

— Va doucement! lui demande sa cavalière. Ne cours pas. Je ne veux pas tomber.

— Je vais aller très lentement, répond Électre. Ne t'inquiète pas.

Électre marche à petits pas dans le champ. Elle peut y arriver. Il lui suffit d'essayer plus fort.

— Je glisse! crie la cavalière.

— Accroche-toi à la selle, lui conseille Électre.

— Arrête!

Électre s'immobilise, mais la petite fille

glisse de la selle et tombe par terre, en pleurs.

Électre baisse la tête, gênée que tout le monde la regarde, encore une fois. Peut-être qu'elle n'est vraiment pas faite pour avoir un enfant sur le dos. Peut-être qu'il y a quelque chose qui ne va pas chez elle. Cette pensée la rend toute triste. Mais au moins, elle se console en songeant à la surprise qu'elle réserve à Alana. Elle espère seulement que la petite princesse sera prête à essayer.

Les cours sont enfin terminés. Pendant que les autres poneys se dirigent vers le champ d'entraînement pour poursuivre leurs exercices d'équitation, Électre se précipite au jardin.

Alana est en train de dessiner un papillon.

— Bonjour, Électre! dit-elle avec un sourire.

— Ça te dirait, de faire le tour du champ d'exposition au galop?

— Je t'ai déjà dit que je ne voulais pas, dit Alana d'une voix dure.

— Tu n'aurais même pas à monter à cheval. Il y a toujours un moyen de faire ce qu'on veut vraiment faire. Viens avec moi, je vais t'expliquer.

Alana suit Électre jusqu'aux écuries.

Manitou est debout à côté du splendide chariot doré qui sert pendant les cérémonies de l'école, par exemple pour la grande fête des anciens.

— Tu vas monter là-dedans! dit Électre. Et je vais te tirer.

— On peut attacher ton fauteuil dessus,
explique Manitou.

Électre, nerveuse, piétine le sol de ses
sabots.

— Tu veux essayer? Je cours vraiment
vite, si je veux. Ça va être amusant!

— Pas trop vite, dit Alana en se mordillant
la lèvre.

— Je vais aller aussi lentement ou aussi vite que tu voudras, répond Électre.

Alana fait rouler son fauteuil sur une rampe pour monter dans le chariot pendant que Manitou installe le harnais. L'équipement est encombrant, mais Électre est très excitée de tirer Alana sur la piste.

— Prête? demande-t-elle en regardant derrière elle.

— Prête! répond Alana avec de grands yeux. Mais pas trop vite, n'oublie pas!

Électre trottine jusqu'à la piste et commence à faire lentement le tour du champ.

— Hou-hou! s'écrie Alana. J'adore ça!

Électre sourit et accélère un peu.

— Plus vite!

Électre se retourne pour voir sa

passagère.

— Tu es sûre?

Alana lève les bras en riant.

— Oui!

Électre se met à courir plus vite, ravie d'entendre Alana glousser de plaisir. Cela devrait sûrement l'aider à passer son cours d'équitation. Manitou avait raison. Il y a toujours une solution.

Une fois Alana repartie chez elle, Électre court jusqu'au bureau de la directrice. Elle veut lui demander si elle pourrait tirer un chariot pour son examen d'équitation.

La directrice Valentine écoute attentivement pendant qu'Électre lui raconte comment elle a tiré Alana dans le chariot, mais elle fronce les sourcils après quelques instants.

— Tout ça me paraît merveilleux et très amusant, mais ce n'est pas de l'équitation. Je suis désolée. En tant que ponette étincelante, tu dois apprendre à transporter un enfant sur ton dos.

Le bonheur qui inondait le cœur d'Électre disparaît. Elle était tellement sûre que le chariot était la solution à tous ses problèmes. Alors, que va-t-elle faire maintenant? Elle sort du bureau de la directrice, terriblement déçue.

CHAPITRE 8

Aucun des enfants ne cherche à monter Électre pendant le cours du lendemain. Elle se contente de brouter les minuscules marguerites qui poussent dans le champ, espérant que personne ne remarquera ses yeux pleins d'eau.

— Qu'est-ce que tu vas faire? lui demande Céleste à la fin du cours. Il faut que tu apprennes.

— Je ne sais pas, répond Électre. Tous les

enfants ont peur de moi.

— Un petit sourire, s'il te plaît!

Diane fait léviter une pomme du verger et l'offre à Électre, mais la licornette est trop triste pour la manger. Elle la garde pour Alana.

Électre reste à la lisière du champ et regarde les autres poneys qui trottent sans effort d'un côté à l'autre avec les enfants royaux. Les petits cavaliers rient et lancent des cris de plaisir, ce qui rend Électre encore plus triste.

Une fois les cours finis pour la journée, Électre va retrouver Alana au jardin.

— J'ai un cadeau pour toi, dit-elle en faisant léviter la pomme sur les genoux de la petite fille.

— Comme c'est gentil! Ta magie est tellement forte.

— Merci, répond doucement Électre.

— Regarde ce que j'ai peint, dit Alana en montrant un portrait d'Électre.

— Superbe! Ça me ressemble vraiment. Quel beau travail!

— Tu peux le garder, dit Alana en rougissant.

— Je vais l'accrocher dans mon box.

— J'en ai assez de peindre des fleurs, dit Alana en soupirant. Je n'arrête pas de penser aux ponippocampes. Penses-tu que tu pourrais m'amener les voir avec le chariot?

— On pourrait essayer! Ramasse ton matériel de peinture, et je vais demander à Diane de nous accompagner. Elle sait

comment faire monter les ponippocampes à la surface.

Électre galope avec joie jusqu'au champ d'entraînement. Une enfant est en train de descendre du dos de Diane.

— Tu es la meilleure ponette au monde! s'écrie la fillette.

— Merci, dit Diane en hochant la tête d'un air timide.

Est-ce qu'un enfant dira ça de moi un jour?
se demande Électre. Elle se dirige vers
Diane.

— Veux-tu venir rendre visite aux
ponippocampes avec moi? Mon amie Alana
aimerait bien les voir, mais je ne crois pas
que je serai capable de les faire monter à la
surface.

— Bien sûr! Je suis toujours contente
d'aller dire bonjour à Marina.

Diane et Électre se hâtent de retourner
au jardin de roses.

— Princesse Alana, je te présente mon
amie Diane.

— Je suis ravie de te rencontrer! répond
Alana. Ta robe est de la même couleur que
les fleurs d'un des rosiers. C'est très joli.

Des taches rose foncé apparaissent sur les joues de Diane.

— Merci, dit-elle doucement.

— Diane, montre-lui ton talent magique! dit Électre.

Diane frappe le sol avec ses sabots et disparaît.

Alana étouffe une exclamation et se met à applaudir.

Diane réapparaît et la salue.

— Diane serait une excellente ponette à choisir lors de la cérémonie de sélection, dit Électre. Elle est tellement gentille. Et tous les enfants adorent monter sur son dos.

— Comment se fait-il que tu ne montes pas comme les autres enfants, Alana? demande Diane en souriant.

— Parce que je ne suis pas capable. De toute manière, j'aime mieux faire de la peinture, répond Alana.

— Mais tu ne veux pas avoir un poney un jour? ajoute Diane.

— Ça ne m'intéresse pas vraiment, dit Alana en haussant les épaules.

— Tous les enfants royaux ont besoin d'un poney étincelant, souligne Diane.

— Pourquoi avoir un poney si je ne peux pas le monter? demande Alana.

— Mais comment le sais-tu si tu n'essaies pas? demande Électre.

Alana ne répond pas.

— Bon, allons chercher le chariot à l'écurie, dit Électre.

— Comme c'est amusant! dit Diane.

Une fois Alana bien installée dans le chariot, Électre et Diane se dirigent vers le sentier qui mène à la rivière en passant dans la forêt sans sortir du terrain de l'école.

— J'ai hâte de voir un ponippocampe! dit Alana.

— Ils sont tellement mignons, réplique Diane. Et vraiment gentils.

Alors qu'elle s'engage sur le sentier, Électre essaie de tirer le chariot dans la forêt, mais il est trop gros. Il ne passe pas entre les arbres.

— Je suis désolée, Alana. Ça ne fonctionnera pas. Si seulement tu pouvais monter sur mon dos.

— Ça va, répond Alana en retenant ses larmes. Vraiment. Je vais juste peindre d'autres fleurs. J'aime les fleurs.

Elles rentrent lentement à l'écurie. Alana ne dit pas un mot de tout le trajet.

— On se voit au souper, Électre! dit Diane en s'éloignant.

Électre et Alana retournent au jardin.

— À demain, dit doucement Électre, déçue de ne pas avoir réussi à aider Alana.

— Électre, j'ai une faveur à te demander.

— Bien sûr, tout ce que tu veux.

— Est-ce que je peux essayer de monter sur ton dos demain? demande Alana après une petite pause.

Électre n'en croit pas ses oreilles.

— Vraiment? Tu es sûre?

— Tu as peut-être raison. Comment savoir si je peux faire de l'équitation ou non si je n'essaie pas? Et puis, j'ai menti. J'aimerais vraiment avoir un poney comme animal royal.

— Je pensais que tu ne pouvais pas faire d'équitation? demande Électre.

— J'ai décidé d'essayer. J'adorerais monter à dos de poney, mais j'ai très peur de ne pas en être capable.

— Mais oui, tu en es capable! dit Électre. Je le sais.

— Je me disais qu'on pourrait peut-être essayer en privé, dit Alana en se mordillant la lèvre, ici dans le jardin de roses.

— Bien sûr! J'ai hâte!

— Moi aussi. Mais je suis nerveuse. Et si ça ne marchait pas? demande Alana.

— Ça va marcher.

— D'accord, dit Alana en souriant. Merci. À demain!

— Super! Et ne t'inquiète pas, tout va bien aller.

Électre pousse un hennissement d'excitation et s'en va courir dans le verger de pommes. Il y a vraiment une enfant qui veut monter sur son dos! Et pas n'importe quelle enfant, la plus gentille petite fille au monde. Elle ne doit surtout pas la décevoir.

Mais brusquement, Électre cesse de courir et se dirige vers son box. Tous les enfants qui sont montés sur son dos jusqu'ici ont détesté ça. Et si Alana détestait ça aussi? Est-ce qu'elle cesserait d'être son amie?

CHAPITRE 9

Le lendemain, après la fin des cours, Manitou installe la selle sur Électre. Celle-ci se dirige nerveusement vers le jardin avec Alana.

— Merci de nous laisser essayer ça ici, dit Alana à Manitou.

— Sois prudente, dit le père d'Alana, debout d'un côté d'Électre pendant qu'un de ses gardes du corps se tient de l'autre côté. Je vais marcher à côté de toi tout le long.

Alana lève les yeux au ciel.

L'impressionnant garde du corps soulève Alana hors de son fauteuil et l'installe sur la selle.

Elle est légère comme une plume, cette petite! se dit Électre.

— C'est incroyable! Je vois tout d'ici. Et c'est très confortable. Oh, j'adore ça! s'exclame Alana en caressant la crinière d'Électre. Tu peux faire quelques pas?

— Bien sûr.

Électre commence à marcher le plus doucement possible. Elle ne voudrait surtout pas effrayer Alana.

Le père d'Alana et son garde du corps marchent aux côtés d'Électre qui avance avec prudence dans le jardin. Alana pousse de petits cris de joie. C'est un des sons les plus agréables qu'Électre ait jamais entendus.

Électre ferme les yeux et respire le parfum des roses. Il fait très beau, et le soleil réchauffe sa robe. Jamais elle n'aurait cru être aussi heureuse avec un enfant sur le dos.

C'est alors qu'elle sent quelque chose lui piquer une patte.

— Ouille! fait-elle, étonnée.

Elle se secoue un peu pour essayer de s'en débarrasser. Alana pousse un hurlement et glisse de la selle.

Son père l'attrape dans ses bras. Elle se met à pleurer et dit :

— Je savais que je n'y arriverais pas!

— Je suis tellement désolée! Je me suis fait piquer par une abeille et j'ai été surprise! lance Électre, qui retient ses larmes. Essaie encore, s'il te plaît. Je ne te secouerai plus, c'est promis.

— Non, dit Alana à travers ses larmes. Non, je ne peux pas. Je ne veux pas!

— S'il te plaît, Alana, ne sois pas fâchée!
Je ne voulais pas te faire tomber. *Pourquoi
est-ce que tous les enfants tombent de mon
dos? Pourquoi est-ce que je ne peux pas faire
ça comme il faut?*

Alana essuie ses larmes.

— Je ne suis pas fâchée. Je suis triste. Je

savais que je ne pourrais pas faire d'équitation. Je n'aurais jamais dû essayer. C'était une idée stupide. Je veux rentrer à la maison, papa. Je ne veux plus revenir ici. Plus jamais.

— Alana, non! s'écrie Électre. C'est ma faute. Je ne suis pas faite pour être une ponette royale. Je suis vraiment nulle.

— Tu ne dis pas ça sérieusement! dit Alana.

— Oh oui! Je ferais une horrible ponette royale. Mais je suis sûre que tu peux faire de l'équitation. Essaie une autre ponette. Une meilleure que moi.

— Non. Je ne peux pas, dit doucement Alana en se mettant à pleurer.

— Je suis désolé que ça n'ait pas marché,

dit le père d'Alana. Tu devrais rentrer à l'écurie, Électre.

Électre retourne à son box, le cœur gros. Elle y passe le reste de la journée, sans même sortir pour le souper.

Elle est en train de s'endormir quand ses amies la réveillent brusquement en frappant à la porte. Elles la regardent avec de grands yeux tristes.

— Électre, on s'inquiète pour toi, dit Diane.

— Tu a l'air tellement malheureuse, et tu restes tout le temps dans ton coin, ajoute Razzia. On s'ennuie de toi.

— Je m'ennuie de voir ta corne s'illuminer. Je n'ai pas vu ça depuis un bon moment, dit Céleste.

Électre essaie de faire briller sa corne et ses sabots, mais elle n'y arrive pas.

— Je suis trop triste. Je ne réussirai jamais le cours d'introduction à l'équitation.

Ses amies ne répondent pas.

— Ça ne fait rien. Je ne suis plus certaine de vouloir être une ponette royale, de toute manière, dit doucement Électre.

— Bien sûr que tu le veux, dit Diane. Tu as travaillé tellement fort. Il ne faut pas abandonner maintenant. Tu vas trouver un moyen d'y arriver.

— On va commencer à dessiner nos selles demain, annonce Céleste. Peut-être que si tu fais la selle la plus magnifique, les enfants seront prêts à te donner une autre chance.

— Tu penses? demande Électre.

— Bien sûr! dit Razzia. N'importe quel enfant serait chanceux de t'avoir comme animal de compagnie.

— Tâche de bien dormir cette nuit et pense à des idées pour ta selle, lui conseille Diane. Tout va bien se passer. Il reste encore une semaine avant l'examen final. Tu as le temps de te rattraper.

— Merci, dit Électre. Vous êtes vraiment de bonnes amies.

Une fois seule dans son box, Électre lève les yeux pour admirer les étoiles. Est-ce qu'une selle magnifique serait la solution à tous ses problèmes?

CHAPITRE 10

Pendant le cours d'équitation, aucun des enfants n'a choisi de monter Électre, et Alana n'est pas dans le jardin de roses, alors Électre passe le cours à dessiner des selles avec sa plume. Elle maîtrise bien la lévitation et elle dessine avec facilité. Cependant, elle n'a pas beaucoup d'idées pour une selle.

Elle déchire dessin après dessin. Il y a une seule enfant qui l'intéresse : Alana. Elle décide d'imaginer une selle pour elle.

Électre dessine alors une merveilleuse selle couverte de papillons et de roses.

— Est-ce qu'on pourrait la faire dans ces couleurs-là? demande-t-elle à Manitou en lui remettant son dessin.

— Bien sûr! C'est une des selles les plus originales que j'aie jamais vues. Je me demande lequel des enfants royaux aura la chance de s'en servir? s'interroge-t-il.

Aucun, se dit tristement Électre.

Ses camarades se rassemblent autour d'elle, en admiration devant son dessin.

— C'est tellement beau! dit Diane. Alana va adorer ça!

— Elle ne la verra jamais, cette selle. Tu n'as pas remarqué? Elle ne vient plus aux cours, dit Électre.

— Je peux lui faire envoyer un message par un de mes amis oiseaux, suggère Céleste.

— Vraiment? demande Électre avec une lueur d'espoir.

— La selle sera prête dans une semaine, répond Manitou.

— Excellent! dit Électre.

Elle trotte jusqu'à son box et fait léviter une plume pour écrire son message.

Chère Alana,

Cette semaine, on a dessiné nos propres selles, et j'en ai fait une spécialement pour toi. J'espère de tout cœur que tu reviendras au cours pour la voir. Elle sera prête dans une semaine.

Viens, s'il te plaît. Je m'ennuie de toi.

Avec amour, Électre

Céleste demande à un charmant oiseau bleu de livrer le message à l'école des enfants royaux. Électre va trouver la semaine longue, à attendre de voir si Alana reviendra.

Électre se présente aux cours d'équitation tous les jours, et aucun des enfants ne la choisit. Mais elle s'en fiche. La cavalière qu'elle aimerait avoir, c'est Alana. Elle espère que la princesse trouvera sa selle assez belle pour vouloir faire un deuxième essai.

À la fin de la semaine, Manitou arrive au cours d'équitation en tirant un chariot rempli de selles.

Les poneys hennissent et trépignent d'excitation pendant qu'il les distribue. Électre garde les yeux tournés vers le sentier qui mène au champ d'entraînement pour voir si Alana va venir.

Les enfants sont rassemblés autour des poneys sur lesquels Manitou installe les selles.

— Celle-ci est magnifique, dit Manitou en tirant son chariot jusqu'à Électre.

La selle est couverte de roses de différentes couleurs et de quelques papillons bleus et jaunes. Électre n'a jamais rien vu d'aussi beau.

— Ce sera très joli avec ta crinière colorée, dit Rasha qui supervise les poneys de son écurie.

— Installons cette selle, mademoiselle, dit Manitou en faisant léviter la selle jusque sur le dos d'Électre.

Pour une fois, elle ne trouve pas cette selle trop inconfortable.

— Elle me convient beaucoup mieux que les autres, dit-elle.

— C'est parce qu'elle a été fabriquée exprès pour toi, répond Manitou en souriant.

Tous les enfants regardent Électre.

— Quelle jolie selle, dit une des petites filles qui est tombée de son dos. Dommage que cette licornette soit aussi difficile à monter.

Électre ne fait pas attention aux enfants. Elle attend Alana.

Pendant que les autres poneys trottent autour du champ avec les enfants royaux, Électre reste seule à guetter son arrivée.

— Il est temps de descendre de vos

poneys, les enfants, le cours est presque terminé, annonce leur instructeur.

Électre pousse un soupir de déception pendant que les enfants mettent pied à terre. Elle retourne à l'écurie, penaude.

Mais soudain, ses oreilles se dressent.

— Électre!

Alana la salue de la main, de loin.

— Je pensais que tu ne viendrais pas, dit Électre en galopant vers elle.

— Moi aussi, mais j'ai changé d'idée à la dernière minute.

Alana fait rouler son fauteuil vers Électre et tend la main pour toucher la selle.

— Elle est magnifique. C'est toi qui l'as dessinée?

— Oui, juste pour toi.

— Tu n'aurais pas dû, fait Alana en croisant les bras.

— Et pourquoi pas?

— Parce que je ne participerai pas à la cérémonie de sélection. Je n'ai plus besoin de poney royal.

— Pourquoi? demande Électre, bouche bée.

— Eh bien, quand tu as dit que tu n'étais

pas faite pour être une ponette royale, j'ai décidé que c'était la même chose pour moi. Je ne suis pas faite pour être reine un jour. Alors, j'ai dit à mes parents que ma jeune sœur serait l'héritière du trône.

Électre recule d'un pas, étonnée.

— Alana, non! Bien sûr que tu peux régner!

— Alors, si moi je peux régner, pourquoi tu ne peux pas être une ponette royale? demande Alana, l'air mécontent.

— Parce que personne n'arrive à me monter, répond Électre en donnant un coup de sabot par terre. Je pensais que cette selle pourrait te convaincre d'essayer de nouveau.

— Elle est magnifique, et je suis honorée que tu l'aies créée pour moi. Mais je n'essaierai pas de monter sur ton dos encore une fois. À quoi ça servirait? On ne pourrait pas aller très loin ni très vite, ajoute-t-elle après quelques instants à regarder au loin. Mon père et son garde du corps devraient marcher à côté de nous. Je préfère m'asseoir dans le jardin avec toi et peindre, si tu veux bien.

— Bien sûr que je veux, répond Électre en hochant la tête. Laisse-moi remettre ma selle dans l'écurie, et je te rejoins là-bas.

Pendant qu'Alana se dirige vers le jardin, Électre marche vers l'écurie.

— Alors, comment ton amie a-t-elle aimé la selle? demande Manitou.

— Oh, elle l'a beaucoup aimée. Mais elle ne veut pas monter sur mon dos. Elle ne veut même pas d'animal royal.

— Je suis désolé d'entendre ça. Ne crains rien, tu finiras par trouver ton partenaire idéal.

Je l'ai déjà trouvée, mais elle ne veut pas de moi, se dit Électre.

— Pensez-vous qu'un jour, je pourrais travailler dans l'écurie avec vous? demande-t-elle. J'ai vraiment aimé dessiner cette selle.

— Électre, je suis certain que tu vas être une merveilleuse ponette royale, dit Manitou. Mais, oui, si tu décides de rester ici et d'y travailler, tu y seras la bienvenue, bien sûr.

Électre hoche la tête en se forçant à sourire. Elle aimerait beaucoup mieux être une ponette royale. Mais fabriquer des selles, ça ne serait pas si mal. Elle se dirige vers le jardin pour rejoindre Alana.

— Je vais m'ennuyer des roses, dit la petite fille.

— Qu'est-ce que tu veux dire? demande Électre.

— Quand les enfants auront fini leurs cours d'équitation et l'entraînement de ce semestre à l'école, on va retourner dans nos royaumes.

Électre approuve de la tête en reniflant.

— Je vais m'ennuyer de toi.

— Moi aussi.

Électre donne un petit coup de museau sur l'épaule d'Alana.

— S'il te plaît, ne renonce pas à ton droit d'être reine.

— Il le faut.

— Mais non.

— Il y a trop de choses que je ne peux pas faire à cause de ce fauteuil, répond Alana avec un petit rire.

— Mais il y a tellement de choses merveilleuses que tu peux faire. Et surtout, tu es intelligente et gentille. Tu ferais une reine extraordinaire. Tu as ta place sur un trône.

— Je ne peux même pas m'asseoir sur un

poney. Comment pourrais-je réclamer le droit de m'asseoir sur un trône?

La réponse frappe Électre comme un éclair. Elle sent même sa corne se remettre à briller légèrement.

— Alana, reviens demain, et je te promets que je vais te faire changer d'avis.

CHAPITRE 11

Électre se précipite vers l'écurie, et elle y trouve Manitou en train de travailler à la fabrication d'une selle.

— Manitou, j'ai besoin de votre aide pour ma selle.

— Mais on l'a déjà faite ta selle, répond-il d'un air étonné.

— Je dois y apporter quelques améliorations.

Électre lui explique ce qu'elle veut faire,

et Manitou sourit.

— C'est une excellente idée! Mais ça va prendre du temps.

— J'en ai besoin demain, répond Électre en secouant la tête.

— Alors, il vaudrait mieux commencer tout de suite! lance Manitou en mettant son travail de côté.

Quand elle arrive à son box, ce soir-là, Électre est épuisée.

— Qu'est-ce que tu as fait toute la journée? demande Rasha.

— La chose la plus importante de toute ma vie, répond Électre avant de tomber de sommeil.

Le lendemain matin, Électre attend dans l'écurie jusqu'à ce qu'elle voie Alana arriver dans le jardin. Elle galope vers elle.

— Viens vite voir ta nouvelle selle!

— Je ne comprends pas, dit Alana.

Elle suit quand même Électre jusqu'à l'écurie. Son père et son garde du corps viennent les rejoindre.

— Manitou, vous pouvez installer la selle sur mon dos, s'il vous plaît? demande Électre.

La selle est posée sur un établi. Un haut dossier est attaché au siège d'où pendent deux épaisses courroies, une de chaque côté. Avec ces améliorations, Alana sera très bien soutenue.

La petite fille regarde, bouche bée, la magnifique selle qui flotte dans les airs, vient se poser sur le dos d'Électre et s'y attache d'elle-même.

— Tu penses que tu pourras rester assise toute seule là-dessus?

Alana tape des mains en poussant de petits cris de joie.

— Oui!

Électre s'incline, comme si elle faisait la révérence.

— Je serais honorée que vous montiez sur mon dos, Majesté.

— Oh mon Dieu! C'est parfait!

Le père d'Alana l'installe sur le dos d'Électre et attache les courroies.

— Tu es bien attachée?

— Oui! Vous n'avez pas besoin de marcher à côté de nous. Tout va bien se passer. En avant, Électre. Allons rejoindre les autres enfants dans le champ, dit Alana.

Électre obéit avec plaisir à l'ordre de sa cavalière. Lentement, doucement, elle marche jusqu'au champ d'entraînement.

— Tu peux aller plus vite! Je suis très bien installée là-haut. Je n'en reviens pas! s'écrie Alana.

Électre se met à trotter, et la petite fille éclate de rire.

— J'adore ça!

Elles rejoignent les autres poneys et les

enfants.

— Tu ferais mieux de descendre de cette ponette, elle est dangereuse, dit une des enfants.

— Vraiment dangereuse! ajoute une autre.

— Pas du tout, elle est parfaite, répond Alana en caressant la crinière d'Électre.

— Pourquoi est-ce que ta selle est aussi bizarre? demande un garçon.

Les enfants la montrent du doigt avec de grands yeux étonnés.

— Ce n'est pas une selle, dit Électre d'une voix forte.

— Alors, qu'est-ce que c'est? demande une petite fille.

— C'est un trône parfait pour une future

reine. Alana est trop exceptionnelle pour chevaucher sur une selle ordinaire.

Tous les enfants se taisent.

— Je veux une selle-trône moi aussi, lance le prince Dimitri en tapant du pied. Je dois en parler à mon père immédiatement.

— Merci, Électre, chuchote Alana en se penchant vers l'avant. Tu es vraiment la ponette parfaite. Allons-y. Vite.

— Comme tu veux!

Électre s'élance au galop à travers le champ tandis qu'Alana hurle de plaisir.

Après une longue course, elles retournent à l'écurie.

— Comment ça s'est passé? demande le père d'Alana.

— Ça a été merveilleux! Je n'ai eu aucun

problème, même si on a galopé très vite. Et tous les enfants étaient jaloux de ma magnifique selle, répond Alana.

— On dirait bien que tu as trouvé la ponette que tu vas choisir comme animal de compagnie à la cérémonie de sélection, dit son père avec un sourire.

Alana le regarde avec de grands yeux.

— Oh non, papa. Je ne veux pas qu'Électre soit mon animal de compagnie.

CHAPITRE 12

Abasourdie, Électre s'enfuit au galop.

Alana crie quelque chose derrière elle, mais Électre ne l'écoute plus. Elle avait pourtant cru qu'Alana était sa partenaire idéale. Elle savait qu'elle pouvait vraiment faire une différence dans la vie de la petite princesse, l'aider à régner et à voir son royaume depuis sa magnifique selle-trône.

Mais Alana ne veut pas d'elle, et elle n'y peut rien.

Électre n'a jamais couru aussi vite, mais cela ne change rien à la douleur qui lui déchire la poitrine. Elle a le cœur brisé. Elle file à travers les champs jusqu'à l'arc-en-ciel qui mène aux cent royaumes.

— Oh non! Les marches ne sont pas là!

Le directeur et la directrice sont les seuls qui peuvent enchanter l'arc-en-ciel pour y former des marches. Pour le moment, donc, ce n'est qu'un arc-en-ciel qui ne mène nulle part.

Électre reste figée sur place, à bout de souffle, sans trop savoir quoi faire. Comment les choses ont-elles pu tourner si mal? Elle était tellement certaine qu'elle ferait la meilleure monture de la classe. Mais elle est la pire. Elle était certaine aussi qu'Alana voudrait la choisir, et pourtant, non.

Elle entend bientôt un grondement qui se rapproche de plus en plus. Elle aperçoit au loin Diane qui tire le chariot. Et les cheveux roux d'Alana qui scintillent au soleil.

Électre aimerait bien avoir le talent magique de Diane. Elle souhaite vraiment disparaître.

— Électre! crie Alana quand le chariot arrive près d'elle. Attends!

Électre ne tient pas à savoir pourquoi Alana ne veut pas d'elle comme animal de compagnie. Aucune excuse ne pourra la consoler. Elle avait déjà trop de peine.

Diane s'approche d'Électre en souriant.

— Tu es tellement chanceuse d'avoir Alana comme partenaire royale. Elle est vraiment spéciale.

— Elle ne veut pas de moi, répond Électre en donnant un coup de sabot sur le sol. Elle l'a dit.

— C'est exact, je ne veux pas de toi comme animal de compagnie, dit Alana. Je veux que tu sois ma meilleure amie. Tu es bien plus qu'un animal de compagnie pour moi. Je veux qu'on règne toutes les deux ensemble.

— Tu veux dire que tu vas vraiment me choisir quand viendra la cérémonie de sélection? demande Électre en clignant des yeux.

— Bien sûr! s'écrie Alana en riant. Tu es la meilleure ponette qu'une fille puisse désirer et la meilleure des amies aussi.

Électre s'avance vers Alana et lui caresse la joue avec son museau.

— Je dois quand même réussir le cours d'introduction à l'équitation. Je ne suis pas certaine d'en être capable.

— Bien sûr que tu l'es! dit Diane. Retournons à l'école pour que vous puissiez vous rattraper toutes les deux. L'examen final est dans deux jours!

Elles galopent ensemble jusqu'à l'école.

Le père d'Alana l'aide à sortir du chariot et à s'installer de nouveau sur sa selle.

— Courons un peu, dit Alana à Électre.

Électre commence au petit trot, mais elle se lance bientôt au galop. Alana crie de plaisir, assise sur sa selle-trône.

Elles passent l'après-midi à s'exercer à caracoler, à prendre des poses et à galoper.

— Ça semble si facile avec toi, dit Électre.

— On était faites pour être ensemble, dit Alana en lui caressant la crinière.

— J'espère juste qu'on sera prêtes pour l'examen, répond Électre en hochant la tête.

CHAPITRE 13

Un par un, les poneys se trouvent un cavalier et suivent les instructions de la professeure Wallina. Ils courent le plus vite possible. Électre est à l'avant du groupe. Ils trottent, ils galopent et ils sautent par-dessus des clôtures basses. Ils caracolent et paradent autour du champ en adoptant une posture parfaite.

Pendant que la professeure calcule les notes de l'examen, Électre et Alana vont faire un tour dans le jardin de roses.

— Je vais vraiment m'ennuyer quand tu vas retourner chez toi, dit Électre.

— Je vais revenir te voir, je te le promets, répond Alana en cueillant une fleur. Mais je dois me rattraper dans mes études moi aussi. Je n'ai pas travaillé très fort pour devenir reine. Il faut que ça change.

— Je suis convaincue que tu vas y arriver.

— Tu as raison, j'en suis capable. Merci de m'avoir aidée à m'en rendre compte, Électre.

— Et merci à toi de ne pas m'avoir laissée renoncer à devenir une ponette royale.

Alana passe ses bras autour du cou d'Électre et lui fait un câlin.

— Allons voir s'ils ont fini de calculer nos

notes, propose Électre en trottant vers le champ d'entraînement.

— Chers enfants, chers poneys, dit la professeure Wallina, debout devant le groupe, j'ai de bonnes nouvelles pour vous. Vous avez tous réussi l'examen final. Vous allez donc tous passer aux cours avancés le semestre prochain.

Les poneys et les enfants poussent des cris de joie.

— Il faut célébrer ça, dit Alana. Qu'est-ce qu'on pourrait faire de spécial?

— Je sais, dit Électre. As-tu ton matériel de peinture?

— Il est avec mes autres affaires, dans l'écurie, répond Alana en hochant la tête.

— Allons le chercher!

Après avoir récupéré les affaires d'Alana, Électre se met à courir à travers les champs.

— Où est-ce qu'on va? demande Alana.

— Tu vas voir! dit Électre en se dirigeant vers le sentier qui s'enfonce dans la forêt.

— On s'en va voir les ponippocampes? demande Alana.

— Oui!

— Youpi! s'écrie Alana.

— Tu vas devoir chanter pour les faire venir.

— Ça, je peux le faire.

—On va passer par le verger et tu pourras ramasser une pomme pour Marina. Elle adore ça!

Électre se dirige vers le verger pour laisser Alana ramasser quelques pommes. Elle s'engage ensuite sur le sentier qui traverse la forêt.

—Prête à chanter? demande Électre quand elles arrivent à la rivière.

—Oui! J'espère que ça va marcher! dit Alana en s'éclaircissant la gorge. *Je suis la fille la plus chanceuse... du monde entier... et si je suis heureuse... c'est grâce à ton amitié.*

Bientôt, la tête de Marina apparaît à la surface de l'eau.

Alana retient une exclamation.

—Bonjour! On t'a apporté une pomme!

— Merci, murmure Marina.

Électre se penche pour laisser Alana lui offrir la pomme.

— Est-ce que tu me permets de faire ton portrait, Marina?

— J'aimerais beaucoup ça.

Alana chantonne tout en dessinant.

— C'est le plus beau jour de ma vie, Électre. Je suis tellement excitée quand je pense à tout ce qu'on va faire ensemble.

— Moi aussi.

Électre allume sa corne et ses sabots. Ils brillent plus fort que jamais.

— On est vraiment des partenaires parfaites.

La magie continue!

Jette un petit coup d'œil sur

l'histoire de Bellissima...

L'ÉCOLE DES PONEYS ENCHANTÉS, N° 4 :

Des rêves étincelants

Électre entre en bondissant dans l'écurie, plusieurs guirlandes de fleurs enroulées autour de son cou.

— Bonne semaine de sélection! Les poneys de l'écurie de Ciel ont fait une guirlande pour chacun des poneys qui participent à la cérémonie de sélection. J'ai gardé la plus belle pour toi, Bellissima, puisque tu es la plus belle d'entre nous.

Bellissima se force à sourire. Personne ne mentionne jamais qu'elle a obtenu les meilleures notes de la classe ni qu'elle est une meneuse qui essaie toujours d'être patiente et gentille avec tous les poneys de l'école. Tout ce que le monde trouve à dire, c'est qu'elle est belle. Ou magnifique. Ou superbe. Elle espère vraiment que l'enfant qui la choisira ira au-delà des apparences.

Le prince ou la princesse qui lui conviendrait parfaitement aimerait explorer les champs de fleurs avec elle et poursuivre les papillons jusqu'à ce qu'ils s'envolent dans le ciel. Ensemble, ils galoperaient dans les ruisseaux en s'éclaboussant et s'amuseraient en dessous des chutes. Ils s'aventureraient dans des forêts sinistres et inquiétantes, et ils ramasseraient des herbes pour en faire des potions guérisseuses. Ils seraient tellement couverts de boue tous les deux que personne ne pourrait dire de quelle teinte de mauve est la robe de Bellissima.

Et ce partenaire idéal *ne* passerait sûrement *pas* ses journées à lui brosser la crinière ou à lui décorer les sabots, ni à lui faire essayer une tonne de diadèmes ou d'autres accessoires. Ensemble, ils ne perdraient pas leur temps à se pomponner et à parader. Elle n'aurait même pas besoin de miroir dans son écurie.

Électre fait léviter la guirlande autour du cou de Bellissima.

— Merci, Électre, dit Bellissima. Tu as dû travailler fort pour créer ça.

— Oui. J'ai utilisé la magie pour tresser les fleurs plus facilement.

— Excellent! Continue de bien travailler, et ta magie va continuer de grandir, dit Bellissima.

La corne et les sabots d'Électre se mettent à briller. Elle a là un merveilleux talent magique.

— On ferait mieux de se rendre à nos places avant que la cérémonie ne commence, dit Céleste. On va tous t'applaudir. Penses-y : dans quelques jours, tu vas quitter l'école avec l'enfant royal qui t'auras choisie! J'ai hâte de rencontrer ton partenaire idéal!

Bellissima est prise de panique en se disant qu'elle va terriblement s'ennuyer de ses amies qu'elle aime beaucoup. L'enfant qui va la choisir devra vraiment être son partenaire idéal. Autrement, ils seront tous les deux très malheureux.

Elle lève la tête, déterminée à faire de son mieux pendant la semaine de sélection. Elle doit s'assurer que les enfants verront plus que sa jolie robe et sa crinière originale.

Lisa Ann Scott est l'auteure de *School of Charm*. Cette ex-journaliste et présentatrice de nouvelles travaille maintenant comme narratrice et écrivaine. Elle vit dans le nord de l'État de New York avec son mari et ses deux enfants.